먼 곳

먼 곳,

문 태 준 시 집

창비

차례

제1부

아침

새떼가 우르르 내려앉았다
키가 작은 나무였다
열매를 쪼고 똥을 누기도 했다
새떼가 몇발짝 떨어진 나무에게 옮겨가자
나무상자로밖에 여겨지지 않던 나무가
누군가 들고 가는 양동이의 물처럼
한번 또 한번 출렁했다
서 있던 나도 네 모서리가 한번 출렁했다
출렁출렁하는 한 양동이의 물
아직은 이 좋은 징조를 갖고 있다

은하수와 소년

푸른 수초 사이를 어린 피라미떼가 헤엄치고 있었다
그걸 잡겠다고 소매를 걷고 손을 넣은 지 몇핸가
가만가만 있어라,
따라 돌고 따라 흘렀으나
거기까지 가겠거니 하면 조금 더 가서 알을 슬고
알에서 갓 태어난 것은 녹을 듯 눈송이같이 눈이 맑았다

영원(永遠)

어릴 때에 죽은 새를 산에 묻어준 적이 있다
세월은 흘러 새의 무덤 위로 풀이 돋고 나무가 자랐다
그 자란 나뭇가지에 조그마한 새가 울고 있다
망망(茫茫)하다
날개를 접어 고이 묻어주었던 그 새임에 틀림이 없다

빈집

주인도
내객(來客)도 없다
겨울 아침
오늘의 첫 햇살이
흘러오는
찬 마루
쪽창 낸 듯
볕 드는 한쪽
몸을 둥글게 말아
웅크린
들고양이
여객(旅客)처럼
지나가고
지나가는
집

구순의 입과 입술에는

내 옆집 구순(九旬)의 입과 입술에는 작은 언덕이 하나
느릿느릿 움직여갔습니다
구붓하게 걸어갈 때 큰 귀가 풀잎처럼 떠 있었습니다
숨이 가쁘고 지난해 풀벌레 소리가 났습니다
가끔 어떤 속말에는 잔물결처럼 웃고 이내 허물어지듯
손을 내저었습니다
앉아도 꽤 여럿이 앉을 긴 의자에 혼자 앉았습니다
흐릿한 빛이 지나가는지 슬며시 눈을 감았다 떴습니다
두어번 물어도 그렇지, 그렇지,라고만 나직이 말했습니다
구순의 입과 입술에는 저 먼 계곡처럼 무른 구름더미가
가득하였습니다

어머니는 찬 염주를 돌리며

어느날 어머니는 찬 염주를 돌리며 하염없이 앉아만 계시는 것이었습니다.

어머니는 머리를 숙이고 해진 옷을 깁고 계시는 것만 같았습니다. 꽃, 우레, 풀벌레, 눈보라를 불러모아서. 죽은 할머니, 아픈 나, 멀리 사는 외숙을 불러모아서. 조용히 작은 천조각들을 잇대시는 것이었습니다. 무서운 어둠, 계곡 안개, 타는 불, 높은 별을 불러모아서. 나를 잠재울 적에 그러했듯이 어머니의 가슴께서 가늘고 기다란 노래가 흘러나오는 것이었습니다. 사슴벌레, 작은 새, 여덟살 아이와 구순의 할머니, 마른 풀, 양떼와 초원, 사나운 이빨을 가진 짐승들이 모두 다 알아온 가장 단순한 노래를 읊조리시는 것이었습니다. 어머니가 부르는 노래는 찬 염주 속에 갇혀 어머니가 불러모은 것들을 차례로 돌고 돌다 명명(明明)한 겨울 하늘로 올라가는 것이었습니다.

산 그림자와 나비

산으로부터 내려오는
왕성해지는
산 그림자의 내면을 나비가 폴락폴락 날고 있습니다
얇고 하얀 낱장을 넘깁니다
산은 창문 너비의 검은 커튼을 치고
나비는 쪽창 같은 하얀 깨꽃에 날개를 세워 접고 앉고
눈초리에
시린
모색(暮色)

망인(亡人)

관을 들어 그를 산속으로 옮긴 후 돌아와 집에 가만히 있었다

또 하나의 객지(客地)가 저문다

흰 종이에 떨구고 간 눈물자국 같은 흐릿한 빛이 사그라진다

먼 곳

오늘은 이별의 말이 공중에 꽉 차 있다
나는 이별의 말을 한움큼, 한움큼, 호흡한다
먼 곳이 생겨난다
나를 조금조금 밀어내며 먼 곳이 생겨난다
새로 돋은 첫 잎과 그 입술과 부끄러워하는 붉은 뺨과 눈
웃음을 가져가겠다고 했다
대기는 살얼음판 같은 가슴을 세워들고 내 앞을 지나간다
나목은 다 벗고 다 벗고 바위는 돌 그림자의 먹빛을 거느
리고
갈 데 없는 벤치는 종일 누구도 앉힌 적이 없는 몸으로
한곳에 앉아 있다
손은 떨리고 눈언저리는 젖고 말문은 막혔다
모두가 이별을 말할 때
먼 곳은 생겨난다
헤아려 내다볼 수 없는 곳

일가(一家)

귀뚜라미 한마리가 내 방에 찾아왔네.
사실은 내가 귀뚜라미를 불러들였지.
과일이 썩으면서 벌레를 불러들이듯이.
귀뚜라미 울음소리는 어제보다 훨씬 커졌지.
내 이〔齒〕가 다 시릴 정도였으니.
새벽녘 한참을 울 적엔
서로에게
마치 엉성하게 쌓인 돌담이라도 되어
너도 나도
더는 갈 곳 없어
더는 갈 곳 없이
서로에게
받친 돌처럼 앉아서.

돌과 포도나무

옆에서 포도나무 넝쿨이 뻗고 있다

돌 위로 포도나무 넝쿨 그림자가 내리고 있다

내리는 공간이 보슬비 내리는 때처럼 가볍다

나는 너에게서 온 여름 편지를 읽는다

포도나무 잎사귀처럼 크고 푸른 귀를 달고 눕고 싶다

이런 얇고 움직이는 그림자라면 얻어 좋으리

오후에는 돌 위가 좀더 길게 젖었다

포도나무 잎사귀처럼 너는 내 속에서 자란다

언제 또 여러번

왼 손목의 맥을 짚으며 비를 보네
물통을 내려놓고 비를 보네
이 비 그치면 낙과(落果)를 줍게 되리
천둥 우는 소리는 처음엔 높고 나중엔 낮아지네
계곡물은 비옷을 입고 급하게 내려오네
오늘 칡넝쿨같이 뻗어가는 구름 아래를 지나며
언제 또 소낙비를 만나게 될지 모른다는 생각을 하네
쏟아짐이여,
여러번의 오후는 여름 위에
여러번의 여름은 일생(一生) 위에
이처럼 쏟아진다 할밖에
얼마나 울었는지 두 눈이 질펀하네

흘러넘치네

낮에 논둑에 가 풀을 베어
풀짐을 지고 돌아와
풀더미를 부려놓고
오늘은
저무는 내내
울안에
동실한
풀냄새
풀냄새
두 팔에
안아도
안아도
흘러넘치는
풀냄새
구유에도
목매기송아지에게도

정야(靜夜)

창호에 대나무 그림자가 드리워져 있다
나는 바람에 떨리는 너의 잎사귀를 읽는다
이처럼 면(面)이 있다는 것은 놀라운 일이다
더 오래 곁에 있으니 우묵하거나 볼록하다
엎어질 듯이 서두르거나 망설이는 때가 있다
들추는데 냄새, 소리, 맛이 단순하지 않다
이리저리 위와 아래로 흔들리지만
깊거나 두껍거나 슬프거나 높거나 멀고 멀다

그 아무것도 없는 11월

눕고 선 잎잎이 차가운 기운뿐
저녁 지나 나는 밤의 잎에 앉아 있었고
나의 11월은 그 아무것도 없는 초라한 무덤에 불과하고

오로지 풀벌레 소리여
여러번 말해다오
실 잣는 이의 마음을

지금은 이슬의 시간이 서리의 시간으로 옮아가는 때
지금은 아직 이 세계가 큰 풀잎 한장의 탄력에 앉아 있는 때

내 낱잎의 몸에서 붉은 실을 뽑아
풀벌레여, 나를 다시 짜다오
너에게는 단 한 타래의 실을 옮겨 감을 시간만 남아 있느니

새벽에 문득 깨어

그 옛날 몰래 들여다본 새 둥지 속 네마리 새끼 같아서
밥 달라고 한껏 입 벌린 바알간 알몸 같아서
나나 새나 하나의 둥근 배(腹) 같기만 하여서
하루 벌어서 하루 사는 배 같기만 하여서
겨울 하늘 입 가득 찬별 돋은 이 새벽에는
어디 못 가본 절 법당 예불 기다리는 소종(小鐘)의 입이
되고자

바위

풀리지 않는 생각이 하나 있다

새의 붉은 부리가 쪼다 오래전에 그만두었다

입담이 좋았던 외할머니도 이 앞에선 말문이 막혔다고 한다

나뭇짐을 내다 팔아 밥을 벌던 아버지도 이것을 지지 못했다고 한다

어느덧 나도 사랑을 사귀고 식탁을 새로 들이고 아이를 얻고 술에는 흥이 일고

이 미궁의 내부로부터 태어난 지 마흔해가 훌쩍 넘었다

내가 초로를 바라볼 때는 물론

내가 눈감을 그날에도 이것은 뒷산이 마을에게 그러하듯이 나를 굽어볼 것이다

나는 끝내 풀지 못한 생각을 들고 다시 캄캄한 내부로 들어갈 것이다

입술도 귀도 사라지고 이처럼 묵중하게만 묵중하게만 앉아 있을 것이다

집 바깥으로 내쫓김을 당해 한밤 외길에 홀로 눈물 울게 된 아이와도 같이

그리고 다시 이 세계에 새벽이슬처럼 생겨난다면 이것을
또 밀고 당기며 한마리 새가 되고, 외할머니가 되고, 아버지
가 되고, 마흔 몇해가 되고……
　시간은 강물이 멀리 넘어가듯이 계속 이어진다는 것이다

돌과의 사귐

어제보다 조금 더 닳아진 돌
아래로 안쪽으로 내려서는 돌
몸속에 손이 하나 더 있어
몸속 조막손이 나와
눈을 감겨놓고
귀를 닫아놓은 돌
냇가에 앉아
젖은 몸을 말릴 때 보았던 돌
내 사는 예까지 찾아온 돌
후일에는 물속에 깊이 잠길 돌
내 다시 와 내일을 산다면
그때는 더 작아졌을 돌
소낙비 내리고 눈보라 치는 날
발아래서 주워올려
가만히 꼭 쥐고만 있을 돌

장봉순 할머니

내가 오늘로부터 꼭 이십칠년 전 여름에 마지막으로 보았던 내 외할머니 같은 미소로 돌은 앉아 있다

손주를 앉힌 무릎처럼, 평평해진 대지처럼 돌은 앉아 있다

봄비와 돌풍과 기온이 뚝 떨어진 대기와 쏟아지는 첫눈을 무릎에 앉히고서 돌은 앉아 있다

윗돌을 받치고 있는 돌 중에서도 가장 아래에 있는 돌

이제 모서리가 닳고, 울분도 모르는

어깨도 없이 마냥 안쪽으로 안쪽으로 웅크린 돌이 앉아 있다

제비

제비를 보았네
하얀 배를 뒤집으며 나는
하늘
한 층
한 층의 악흥(樂興)
그 위로는
더 멀리 가는 더 큰 새가 날더군
낯 씻고 옷 갈아입고 보았네
밥 먹다 보았네
마당 쓸다 보았네
꾸중 듣다 보았네
밝은 공간을 보았네
내가 섬돌과 처마 사이
그 한 층에 깃들어 살듯
더 얻고자 바라는 것 없이
오, 한 층,
나의 평정(平靜),
한 층이면 눈물 마르리

바람과 같이
그곳을
들썩들썩하며 나는 가느니

강을 따라갔다 돌아왔다

혼(魂)이 오늘은 유빙(流氷)처럼 떠가네
살차게 뒤척이는 기다란 강을 따라갔다 돌아왔다
이곳에서의 일생(一生)은 강을 따라갔다 돌아오는 일
꿈속 마당에 큰 꽃나무가 붉더니 꽃나무는 사라지고 꿈
은 벗어놓은 흐물흐물한 식은 허물이 되었다
초생(草生)을 보여주더니 마른 풀과 살얼음의 주저앉은
둥근 자리를 보여주었다
가볍고 상쾌한 유모차가 앞서 가더니 절룩이고 초라한
거지가 뒤따라왔다
새의 햇곡식 같은 아침 노래가 가슴속에 있더니 텅 빈 곡
식 창고 같은 둥지를 내 머리 위에 이게 되었다
여동생을 잃고 차례로 아이를 잃고
그 구체적인 나의 세계의, 슬프고 외롭고 또 애처로운 맨
몸에 상복(喪服)을 입혀주었다
누가 있을까, 강을 따라갔다 돌아서지 않은 이
강을 따라갔다 돌아오지 않은 이
누가 있을까, 눈시울이 벌겋게 익도록 울고만 있는 여인
으로 태어나지 않은 이

누가 있을까, 삶의 흐름이 구부러지고 갈라지는 것을 보
지 않은 이
　강을 따라갔다 돌아왔다
　강을 따라갔다 돌아와 강과 헤어지는 나를 바라보았다
　돌담을 둘렀으나 유량과 흐름을 지닌 집으로 돌아왔다
　돌담을 둘렀으나 유량과 흐름을 지닌 무덤으로 돌아왔다

제2부

일일

독특한 화법

일일(一日)은 입버릇처럼 나중에,라고 말해요
물건을 등뒤로 물리어놓듯 말해요
나의 독촉에 일일은 가벼운 목례를 할 뿐이에요
나에게는 순간순간이 급한 화물인데
일일은 나중에,라고 무덤덤하게 말해요
일일의 차갑고 값싼 내색과 언어는 견뎌내기 어려워요
어스레한 때에 일일은
추레한 의복을 입고 나의 심실(心室)로 걸어들어와요
걸식을 마친 여래(如來)처럼 돌아와
발을 씻고 자리를 펴고 앉아, 다시
나중에,라고 말하곤 두 눈을 지그시 감아버려요

일일 2
숭고한 일

아침에 흙을 쌓아놓고 오후에 흙더미를 허무는
그 일이 내가 종일 한 일이에요
일광 속에 흙더미를 두었다
식은 그늘로 옮겼다 오후 다섯시경
잔광 아래로 다시 가져가 조금씩 허물었지요
흙더미는 우묵우묵해지고 나는 그것을
얽어지는 나의 얼굴인 양 내려다보았지요
나의 얼굴은 부재를 피하려는 기색이 역력했어요
나는 흩어지는 나의 얼굴에게 말했지요
꼭 다문 입술이 무슨 소용이에요
부리부리한 눈매가 무슨 소용이에요
귀는 멀어졌으니 다행이에요
쌓은 것을 오후에 허물었지요
슬픔에 붙들렸으나 숭고한 일일이었어요

오랫동안 깊이 생각함

이제는 아주 작은 바람만을 남겨둘 것

흐르는 물에 징검돌을 놓고 건너올 사람을 기다릴 것

여름 자두를 따서 돌아오다 늦게 돌아오는 새를 기다릴 것

꽉 끼고 있던 깍지를 풀 것

너의 가는 팔목에 꽃팔찌의 시간을 채워줄 것

구름수레에 실려가듯 계절을 갈 것

저 풀밭의 여치에게도 눈물을 보태는 일이 없을 것

누구를 앞서겠다는 생각을 반절 접어둘 것

티베트 노스님의 뒤를 따라 걷다

낡고 헐거운 옷을 입고서
가다 멎고 가다 멎으며
뒤를 두되 새의 발자국처럼 가느스름하게
시간의 맨 끝에 선 듯 오래 헤아리며
허리를 아주 굽혀서
모란꽃의 보드라운 붉은 둘레에라도 선 듯이
그리던 당신의 눈동자를 바라볼 때처럼
고요하고 사랑의 감정으로
가고 가는 행인(行人)으로서
가되 어차피 덜 도달하게 되리라는 예감으로

꽃들

모스끄바 거리에는 꽃집이 유난히 많았다
스물네시간 꽃을 판다고 했다
꽃집마다 '꽃들'이라는 간판을 내걸고 있었다
나는 간단하고 순한 간판이 마음에 들었다
'꽃들'이라는 말의 둘레라면
세상의 어떤 꽃인들 피지 못하겠는가
그 말은 은하처럼 크고 찬찬한 말씨여서
'꽃들'이라는 이름의 꽃가게 안으로 들어섰을 때
야생의 언덕이 펼쳐지는 것을 보았다
그리고 나는 그 말의 보살핌을 보았다
내 어머니가 아궁이에 불을 지펴 방을 두루 덥히듯이
밥 먹어라, 부르는 목소리가 저녁연기 사이로 퍼져나가
듯이
그리하여 어린 꽃들이
밥상머리에 모두 둘러앉는 것을 보았다

버드나무에 가려서

버드나무에 가려서 오늘은 바깥이 보이지 않는다
하늘하늘하고 치렁치렁한 그녀의 말에 나는 갇혔다
그녀의 머리칼은 얼마나 부드러운가
그녀의 목소리는 얼마나 나직한가
그녀의 눈매는 얼마나 고운가
손은 쓰다듬던 손
팔은 내친 적이 없는 팔
조금은 게으른 듯한 몸동작
멀찍이서 바라보면 슬프게도 무릎을 안고 앉은 자세

언제나 급히 떠나려고만 하는 너는 내 옆에 와서 앉아라
쓸어내린 버드나무 자리에 앉아라

비탈과 아이

비탈길이 궁금한 아이가 있다

아이가 비탈길을 뛰어내려오고 있다

점점 뺨이 터질 듯이 웃는다

천둥이 남쪽 하늘로 구르듯이

무른 가슴을 구르는 게 있는가

초승달이 매일매일 커지듯이

앙가슴에 자라나는 흰빛이 있는가

계속 기울어져 내 쪽으로

쏟아질 듯 뛰어내려오고 있다

저 흘러넘침을

나는 어떻게 받아안을 것인가

바위처럼 박히어 있는 나는

그 어머니

우는 아가야
눈앞에서 그 어머니가 사라졌다고
울음을 터뜨린 아가야
울음을 그치렴
너의 어머니는 젖이 풍부하고
키가 가장 크고
너는 제일 오랜 시간 어머니를 즐길 테니
우는 아가야
울음을 그치렴
너의 어머니 입속에는 흥얼흥얼하는 노래가 담겨 있으니

속사(速寫)

초저녁부터 흰 눈이 내려 쌓였다

아이가 그 스케치북에 그림을 그려넣는다

토끼, 물고기, 별, 토끼 위에 심장, 물고기 앞에 거북이, 별
아래 고래가 들어간다

뛰고 헤엄치고 깨어져 빛나고 두근거리고 시간이 느려지
고 눈을 씻는다

마지막으로 해를 그려넣는다

해는 가만히 떠 있지 않고 이 하늘을 바퀴처럼 돌면서 옮
겨가 토끼와 물고기와 별과 심장과 거북이와 고래를 차례
차례 쓱쓱 문지르며 지운다 아이의 맨손바닥을 빌려

아이는 스케치북을 덮어놓고 돌아가고

그나저나 흰 눈은 다시 내려 쌓이기 시작하고

흰 눈은 아이의 바깥에 있고

아이의 눈에는 대신 눈송이 같은 잠이 내린다

논산 백반집

논산 백반집 여주인이 졸고 있었습니다
볼록한 배 위에 팔을 모은 채
고개를 천천히, 한없이 끄덕거리고 있었습니다
깜짝 놀라며 왼팔을 긁고 있었습니다
고개가 뒤로 넘어가 이내
수양버들처럼 가지를 축 늘어뜨렸습니다
나붓나붓하게 흔들렸습니다
나는 값을 쳐 술잔 옆에 놔두고
숨소리가 쌔근대는 논산 백반집을 떠나왔습니다

주먹밥

찔레나무에 막 새순이 돋아나면 풋풋한 산의 냄새가 올라오면 주먹밥 두어 덩이를 들고 산나물을 뜯으며 봄 산에 살았네 산등성이를 넘고 넘어 갔네

허기가 지면 빙빙 틀어앉을 줄도 모르는 봄뱀 독사의 새끼처럼 덤불 아래 퍼지르고 앉아 간도 안 친 주먹밥을 먹었네 숭굴숭굴 뚫린 몸으로 그 큰 주먹밥이 다 들어갔네

반그늘을 툭툭 털고 일어나 숨이 조금씩 가빠지는 봄 산을 그녀는 넘고 넘어 갔네

아침 항구에서

바다가 아침에 내게 갈치 상자를 건네주었네.
해풍에 그을린 어부들의 굵은 팔뚝으로.
미로를 헤엄치는 외롭고 긴 영혼을.
빛의 날카로운 이빨을.
한번도 건너지 못한 멀고 먼 곳을.
깊은 풍랑을.
갈치 상자만한 은빛 가슴을.
푸른 바다가 검은 내게 배를 대고서.

염소

나는 염소가 되어
한마리 염소를 사귀리라
넓은 풀밭을 구하진 못하였어도
누운 너의 무른 배를 뿔로 찌르며
머리에 심은 뿔이나 밀자 하리라
되도록 퉁명스럽게 말하리라
가난에 울어도
흐르는 물을 물돌이 밀어올리듯이
아침저녁으로 한번씩
서로의 뿔을 밀자 하리라
구름을 미는 바람처럼
맺히는 봉오리를
한 세계를
끝으로 끝으로 밀자 하리라

꿈속의 꿈

꿈에 꿈이 들면 꽃꿈이나 들 일이지
오늘 꿈에는 벌레들이 잔뜩 들었다
내 형편이 반 썩은 복숭아 한알처럼 되어서
몸속으로 자꾸 벌레들이 꼬물꼬물 들어섰다
손가락으로 집어 떼어내다 떼어내다
그만 바닥에 엎드려 울고 말았다
무슨 일인가,
무슨 일인가,
말을 잃고 입만 벌어져
소리없이 울고 울고만 있었다
이 꿈을 들고 울며 가면
댓잎 줄기로 꿈속의 꿈을 씻겨주던,
열댓살의 나를 한번 그렇게 살려낸
할매, 그 무섭던 할매도
두어 계절 전 눈보라를 따라가고 없다

나는 이제 이별을 알아서

그때는 가지꽃 꽃그늘이 하나 엷게 생겨난 줄로만 알았
지요
그때 나는 보라색 가지꽃을 보고 있었지요
당신은 내게 무슨 말을 했으나
새의 울음이 나뭇가지 위에서 사금파리 조각처럼 반짝이
는 것만을 보았지요
당신은 내 등뒤를 지나서 갔으나
당신의 발자국이 바닥을 지그시 누르는 것만을 느꼈었지요
그때 나는 참깨꽃 져내린 하얀 자리를 굽어보고 있었지요
이제 겨우 이별을 알아서
그때 내 앉았던 그곳이 당신과의 갈림길이었음을 알게
되었지요

섬

조용하여라
저 가슴
꽃 그림자는 물속에 내렸다
누구도 캐내지 않는 바위처럼
누구든
외로워라
매양
사랑이라 불리는
저 섬은

종다리

반짝이는 울음의 의상(衣裳)을 보아라

그이는 내 슬픔의 볼을 씻겨준다
그이의 눈물로
기다란 비 같은 눈물로

체취가 몸을 돌듯
나는 내 근심에서 돌 뿐
나는 나조차 씻겨줄 수 없으나

막 울다 그친
너는

저 되울려오는 울음의 의상을 보아라

8월의 포도원

시골집에 가 포도송이를 만지면
새로이 꽃모종하고 싶네
하느님을 향해 둥근 종도 치고 싶네
들바람을 안은
나직한 오므림
얹힘 위에 얹힘
수긍하는 모양새
뒤도 매끈하지
이것은 우리가 듣고 싶은 대답
빛과 물과 노을과 공기의 합작
입에 먼저 넣어줄 자식을 둔 어미처럼
손바닥으로 고이 받쳐드네

꽃 피우는 나무에게

　이리저리 굽어 꺾였지만 천공(天空)을 향해 뻗어가는 한
그루의 나무가 있었다 평범한 대기 속에 꽃을 나눠주고 있
었다 꽃을 나눠주고 나눠주어도 꽃이 줄어들지 않는 꽃나
무가 있었다 어두운 예감이라곤 조금도 없는 색채였다 간
혹 나처럼 옹색한 사람에게는 제일 높은 곳의 꽃을 내려주
었다 가도 가도 우러르면 꽃나무 아래였다

옮겨가는 초원

그대와 나 사이 초원이나 하나 펼쳐놓았으면 한다
그대는 그대의 양떼를 치고, 나는 나의 야크를 치고 살았
으면 한다
살아가는 것이 양떼와 야크를 치느라 옮겨다니는 허름한
천막임을 알겠으니
그대는 그대의 양떼를 위해 새로운 풀밭을 찾아 천막을
옮기고
나는 나의 야크를 위해 새로운 풀밭을 찾아 천막을 옮기자
오후 세시 지금 이곳을 지나가는 구름 그림자나 되어서
그대와 나도 구름 그림자 같은 천막이나 옮겨가며 살자
그대의 천막은 나의 천막으로부터 지평선 너머에 있고
나의 천막은 그대의 천막으로부터 지평선 너머에 두고
살자
서로가 초원 양편으로 멀찍멀찍이 물러나 외면할 듯이
살자
멀고 먼 그대의 천막에서 아스라이 저녁연기가 피어오르면
나도 그때는 그대의 저녁을 마주 대하고 나의 저녁밥을
지을 것이니

그립고 그리운 날에 내가 그대를 부르고 부르더라도

막막한 초원에 천둥이 구르고 굴러

내가 그대를 길게 호명하는 목소리를 그대는 듣지 못하
여도 좋다

그대와 나 사이 옮겨가는 초원이나 하나 펼쳐놓았으면
한다

아래로 아래로

내려오니 모든 게 유리했다
이슬은 내리고
가엾어라,
가엾어라,
자리를 뜰 때까지
이마 위에 찬 물수건을 올려주고
우레는 지나가고,
거무스름하고 둔한 생김새와 우렁찬 음성
그이는 그러나
내 뒷목을 씻기고
늦도록 낮의 발까지 씻기고 가고
저녁에는 계곡의 오금으로
별이 무더기로 쏟아지고
몇몇은
내 둘레가 되고
왱왱거리고
거미줄처럼
긴

긴

8월,

더 얇은 옷을 구하는 일 없이

등마루에서

아래로

아래로

내려오니 모든 게 수월했다

풀밭 속 풀잎이 되고 나니

풀잎의 체온을 얻고 나니

보퉁이가 된 나여!

가장 은밀한 곳에
속마음이 감추어져 있다더니
속마음은
밖으로 잘도 나오네
작고 네모진 보자기만도 못한
나여!
속마음이여!
나는
그리하여
보자기를 펼쳐
두 눈썹 사이 생겨난 격한 주름을
영향력을 끼치려는 듯 뜨거워진 콧김을
비웃고 비꼬는 입술을
외면하는 뒤통수를
그 속마음의 물건들을
보자기로
남몰래
통째로

허겁지겁
싸고
싸고만 있는,
그리하여
보통이가 된
나여!

유형

오늘날에도 유형(流刑)이라는 형벌을 시행하는 국가가
있다면
나는 그 나라에 가 죄를 짓고 살고 싶다
12월당원처럼 강제로 먼 곳 극지로 내몰릴 때, 국가여
부디 나를 풀잎 속에 가두어주소서
벌레 속에 가두어주소서
바위 속에 가두어주소서
어느 누구도 전생에든 후생에든 풀잎과 벌레와 바위의
몸을 받기를 원하지는 않으리
오만하고 값싸고 변덕스런 국가여,
그대가 생각하는 극형으로
나를 선처해다오

제3부

물가

내게 귓속말하는 수면이 있다면
내게 남몰래 촉촉이 젖은 눈 뜨는 수면이 있다면

물속에 잠긴 푸른 산은 움직이지 아니하고
산은 고운 강모래가 반짝이는 물가로는 아니 나오고

하늘도 흰 물새도 함께 사는 수면이 하나 있다면

나를 눕히어 서성이는 발등까지 되비춰다오
잔잔함이여

공백(空白)

조용한 길과 마른 덤불이 내 앞에 있네
길도 덤불도 어제오늘 헐겁고
시간은 거기를 지나가네
이 며칠 나는 그것을 찬찬히 보았네
나라고 불렸던 어떤 무리는 점점 줄어들고
나는 한번 내쉬는 큰 숨이 되어
이제 사방으로 흩어질 수 있네
둥그런 윤곽은
물렁물렁해지고 흐릿흐릿해졌네 누군가
나를 떼어내 그 무엇과도 알맞게 섞을 수 있고
그리하여 나는 무엇이든 될 수 있네

가을 모과

울퉁불퉁한 가을 모과 하나를 보았지요
내가 꼭 모과 같았지요
나는 보자기를 풀듯
울퉁불퉁한 모과를 풀어보았지요
시큼하고 떫고 단
모과 향기
볕과 바람과 서리와 달빛의
조각 향기
볕은 둥글고
바람은 모나고
서리는 조급하고
달빛은 냉정하고
이 천들을 잇대서 짠
보자기 모과
외양이 울퉁불퉁할 수밖에 없었겠지요
나는 모과를 쥐고
뛰는 심장 가까이 대보았지요
울퉁불퉁하게 뛰는 심장 소리는
모과를 꼭 빼닮았더군요

불만 때다 왔다

앓는 병 나으라고
그 집 가서 마당에 솥을 걸고 불만 때다 왔다
오고 온 병에 대해 물어 무엇하리,
지금 감나무 밑에 감꽃 떨어지는 이유를
마른 씨앗처럼 누운 사람에게
버들 같은 새살은 돋으라고
한 계절을 꾸어다 불만 때다 왔다

활엽수 곁에서

오늘은 등뒤에서 오는 발소리만으로도 안다네

오는 너 때문에 내 쪽이 환해지네

그것은 멀리 맴돌며 간절했었다는 뜻

실로 우리는 얼마나 잦게 기다리고 외롭고 왜소한가

활엽수 곁에서

오늘은 가을의 가녀린 소리에 맞춰

우리네처럼 잎사귀 지는 것 보네

칠팔월(七八月)

여름은 흐르는 물가가 좋아 그곳서 살아라

우는 천둥을, 줄렁줄렁하는 천둥을 그득그득 지고 가는
구름

누운 수풀더미 위를 축축한 배를 밀며 가는 물뱀

몸에 물을 가득 담고 있는, 불은 계곡물

새는 안개 자욱한 보슬비 속을 날아 물버들 가지 위엘 앉
는다

물안개 더미같이, 물렁물렁한 어떤 것이 지나가느니

상중(喪中)에 있는 내게도 오늘 지나가느니

여름은 목 뒤에 크고 묵직한 물주머니를 차고 살아라

오죽 곁에서

오늘은 바람이 오죽(烏竹)을 지나간다

바람은 내 영혼에 한번 더 흐르면서 움직이지 않는 가지
는 없다는 말씀을 들어 흔들어 보인다

오늘은 바람이 멎고 또 싸락눈은 듣는다

싸락눈은 내 영혼에 한번 더 내리면서 설익은 밥알이 살
강살강 씹히는 소리를 들려준다

나는 긴 목 아래로 끝없이 내려가는 구렁을 바라보았다

율동

묵중한 강이 물 위에 물새들을 앉혀 평화로운 한낮을 바
라보고 있다

나는 일곱번째 호흡이 여덟번째 호흡으로 움직이는 동안
을 바라보고 있다

바쁜 바람과 잔금과 절망과 물결을 등에 지고 산 지 오래
되었다

모래언덕

이곳 바닷가에 모래언덕이 있다
기억나지 않는 아주 오래전부터
거녀(巨女)가 살고 있다, 나와 당신이
살고 있다, 우리는 하나같이 균등하게
모래에 매여 있다
모래들은 쏠려 한데 쌓인다
그리고 쌓임은 겨를도 없이 옮아간다
오늘 나는 나의 몸을 우두커니 내려다보았다
아침에는 의욕의 얼굴을
정오에는 단단한 어깨, 석양에는 볼록한 아랫배를
곧 올 밤엔 나를 에우는 거센 바람
나는 대기 속 못별처럼 흩어질 것이다
시간은 뭉그러지고 늘어지는 나의 몸 위를 흘러가고
어려워라, 나의 몸조차 나의 것이 아니므로
나를 다시 구성해 나를 이해하는 일은
나는 먼눈으로 우는, 무용한 사람
바람에 밀리며 수북하게 쌓였다
흐물흐물 허물어지는 사람

모래이불을 덮고
휘우듬하게 쌓여서 곧 쏟아질 자세
나는 점점 비대해진다
모래에 연연해하므로
모래에 매여서

사과밭에서

가을 수도사들의 붉고 고운 입술
사과를 보고 있으니
퇴원하고 싶다
문득 이 병원에서 퇴원하고 싶다
상한 정신을 환자복과 함께 하얀 침대 위에 곱게 개켜놓
고서

사무친 말

나는 한동안 병실에서 생활했다 돌밭 같은 눈 메마른 손 헝클어진 채 자란 머리카락 누덕누덕한 시간들 앞뒤 없는 곡경(曲境) 속에서

희망을 끊어버리고 연고 없는 사람처럼 빈들빈들 돌아다 녔다 축축하게 비 오는 어느날 그가 내게 말했다 뭐든 돋아 내밀듯이 돋아 내밀듯이 살아가자고

근심의 체험

은밀한 시간에
근심은 여러개 가운데 한개의 근심을 끄집어내 들고
나와 정면으로 마주앉네
그것은 비곗덩어리처럼 물컹물컹하고
긴 뱀처럼 징그럽고, 처음과 끝이 따로 움직이고
큰 뿌리처럼 나의 신경계를 장악하네
근심은 애초에 어머니의 것이었으나
마흔해 전 나의 울음과 함께 물려받아
어느덧 굳은살이 군데군데 생긴 나의 살갗처럼 굴더니
아무도 없는 검은 밤에는
오, 나를 입네, 조용히
근심을 버리는 방법은 새로운 근심을 찾는 것
  빗방울, 흙, 바람, 잎사귀, 눈보라, 수건, 귀신도 어쩌질 못
하네

수족관으로부터

나의 골목 귀퉁이에 수족관이 있어서
물 위에 물을 쌓는
물로 물을 씻는 수족관이 있어서
나는 매번 그곳서 큰 숨을 한차례 쉰다
오늘은 서너마리가 유영을 하고 있다
물속에 가라앉는 물고기가 하늘을 알까만
한 마리에게는 소천(召天)이 있을 것 같다
비늘이 너덜너덜하지만 홑청을 마련해줄 수 없고
겨우겨우 아가미가 움직이나 폐를 빌려줄 수 없다
두 눈이 헐겁게 떨어져나가고 있다
수족관으로부터
너절하고 수군거리고 베개에 머리를 괴러 가는
쓰러져 누운 나의 골목이 하나 있다

징검돌을 놓으며

물속에 돌을 내려놓았다
동쪽도 서쪽도 생겨난다
돌을 하나 더 내려놓았다
옆이 생겨난다
옆에
아직은 없는 옆이 생겨난다
눈썰미가 좋은 당신은
연이어 내려놓을 돌을 들어올릴 테지만
당신의 사랑은 몰아가는 것이지만
나는 그처럼 갈 수 없다
안목이여,
두번째 돌 위에 있게 해다오
근중한 여름을 내려놓으니
호리호리한 가을이 보인다

정물

하루는 여름 속으로 빗방울이 떨어지기 시작했다

지나가던 사람들이 걸음을 멈추고 서서 손바닥을 펼쳐들었다 생각이 많아진 하늘을 받쳐들었다

그리고 늘어서서 고개를 천천히 들어올렸다, 넓고 먼 곳과 연결되어 있음을 감사해하면서

빗방울이 굵어지고, 하얀 이마와 앞자락이 젖기 시작했다

나도 사람들 속에 좀더 서 있어보았다

누군가 다시 걸음을 떼 완성된 정물(靜物)을 좀전의 대기 속에 두고 떠나기 전까지는

가을 창가

늦은 저녁밥을 먹고 어제처럼 바닥에 등짝을 대고 누워
몸을 이리저리 뒤집었다

산굽이처럼 몸을 휘게 해 둥글게 말았다 똥을 누고 와 하
던 대로 다시 누웠다

박처럼 매끈하고 따분했다 그러다 무심결에 창가에 무릎
을 모으고 앉았다

천천히 목을 빼 들어올렸다 풀벌레 소리가 왔다

가을의 설계자들이 왔다

저기서 이쪽으로, 내 귀뿌리에 누군가 풀벌레 소리를 확,
쏟아부었다

쏟아붓는 물에 나는 흥건하게 갇혀 아, 틈이 없다

밤이 깊어지자 나를 점점 세게 끌어당기더니 물긋물긋한
풀밭 깊숙한 데로 끌고 갔다

대화

새는 가는 나뭇가지 위에
나는 암반 같은 땅바닥 위에
새와 나 사이
찬 공기덩어리가 지나가고
물건의 그림자가 흔들리고
새는 위를 내려 아래로
나는 아래를 들어 위로
가끔 바라보고 있다
새는 울어 쌀알처럼 떨어뜨리고
나는 말꼬리가 어물어물하고
요청이 없지만
아주 처음도 아닌 듯하게
두 줄을 띄워가며 하는
이것도 대화라면
썩 좋은
대화

어떤 부름

늙은 어머니가
마루에 서서
밥 먹자, 하신다
오늘은 그 말씀의 넓고 평평한 잎사귀를 푸른 벌레처럼
다 기어가고 싶다
막 푼 뜨거운 밥에서 피어오르는 긴 김 같은 말씀
원뢰(遠雷) 같은 부름
나는 기도를 올렸다,
모든 부름을 잃고 잊어도
이 하나는 저녁에 남겨달라고
옛 성 같은 어머니가
내딛는 소리로
밥 먹자, 하신다

눈 내리는 밤

말간 눈을 한
애인이여,
동공에 살던 은빛 비늘이여
오늘은 눈이 내린다
눈은 밤새 내린다
목에 하얀 수건을 둘러놓고 얼굴을 씻겨주던
가난한 애인이여,
외로운 천체에
성스러운 고요가 내린다
나는 눈을 감는다
손길이 나의 얼굴을 다 씻겨주는 시간을

시련과 교감
김인환

문태준은 형식의 질서를 중요하게 여기는 시인이다. 의미와 음악이 조심스럽게 서로 상대방을 존중하며 공존하는 그의 시에는 불협화음이 거의 없고 과격한 비유가 보이지 않는다. 평범한 한국어도 그의 손이 닿으면 신선한 모국어가 된다. 현대시사의 계보로는 이미지즘 시절의 정지용 또는 『귀촉도』 시절의 서정주에 닿아 있다 하겠으나 특별한 단어를 의도적으로 피한다는 점에서 문태준의 시는 정지용이나 서정주보다 좀더 보편적인 민족어를 향하고 있다. 어떤 시를 고르더라도 모두 교과서에 실어도 좋을 만큼 다듬어져 있다는 것이 문태준 시의 특징이다. 그러나 정지용이 『백록담』 시대로 넘어가고 서정주가 『신라초』 시대로 넘어갔듯이 문태준도 의미의 고유성을 찾아 우리가 아직 모르는 미지의 세계로 이행하게 될는지도 모른다. 이 시집에 거둔 시들도 표면의 질서 밑에서 움직이는 심층의 혼돈을 감추지 못하고 있다. 혹시 고통의 감각 또는 시련의 인식이라고 할 수 있는 의미의 이러한 혼돈이 증대되는 방향으로 문태준 시의 다음 단계가 전개되지는 않을까 하는 예감을 해본다. 늙으면 편해지는 방향보다는 심층시학의 방향이 우리 시를 위하여 더 바람직할 것 같기는 하다.

문태준의 시에는 비극적 세계관이 깔려 있다. 재산이건 권력이건, 지식이건 명성이건, 건강이건 애정이건 무엇을 따라가더라도 우리는 끝내 다 놓친 채 세상에 내던져지고 만다는 것이다. 모든 인간은 동생을 잃고 아이를 잃고 "눈시울이 벌겋게 익도록 울고만 있는 여인"과 같다.

누가 있을까, 강을 따라갔다 돌아서지 않은 이
강을 따라갔다 돌아오지 않은 이
누가 있을까, 눈시울이 벌겋게 익도록 울고만 있는 여인으로 태어나지 않은 이
누가 있을까, 삶의 흐름이 구부러지고 갈라지는 것을 보지 않은 이

—「강을 따라갔다 돌아왔다」 부분

붉은 꽃나무와 벗겨진 허물, 갓 돋은 풀과 살얼음에 시든 풀, 가벼운 유모차와 절룩이는 거지, 햇곡식 같은 노래와 텅 빈 곡식 창고 같은 둥지를 겹쳐놓은 이 시는 일종의 알

레고리이다. 우리는 시행의 첫머리에서 반복되는 '누가 있을까'와 끝에 나오는 '이'를 한 음보로 읽어야 한다. 인용한 네 행은 각각 4음보, 3음보, 4+3음보, 3+4음보로 낭송된다. 셋째 시행을 "누가 있을까/눈시울이/벌겋게 익도록/울고만 있는//여인으로/태어나지 않은/이"로 읽고 넷째 시행을 "누가 있을까/삶의/ 흐름이//구부러지고/갈라지는 것을/보지 않은/이"라고 읽어야 율격 구성의 질서를 느낄 수 있게 된다. 시행을 마무리하는 한 음절 한 음보는 이 시가 인간의 이야기라는 것을 강조해준다. 시인은 울고 있는 여인에게서 자신의 모습을 본다. 강을 따라갔다 강과 헤어져 홀로 남은 자신의 모습을 보는 것이다. 그는 강을 따라가려고 떠난 집으로 돌아온다. 그의 집은 그의 무덤이 된다. 시인의 눈에는 집과 무덤이 유체로 보인다. 집은 집대로 있지 못하고 무덤도 무덤대로 있지 못하기 때문이다. 집과 무덤은 공간을 차지하고 있지만 불변의 고체가 아니라 변화하는 유체이다.

관을 들어 그를 산속으로 옮긴 후 돌아와 집에 가만히 있었다

또 하나의 객지(客地)가 저문다

흰 종이에 떨구고 간 눈물자국 같은 흐릿한 빛이 사그
라진다

—「망인(亡人)」 전문

'가만히'라는 부사는 망인의 기억에 잡혀 있는 시인을 보
여준다. 기억이 응고되고 기억하는 사람도 기억을 따라 응
고된다. 망인에게는 저승이 객지가 되고 시인에게는 그가
없는 이승이 객지가 된다. 그의 기억이 남아 있는 이승에는
흐릿한 빛이 있어 그가 떠난 저승과 구별되는 듯하지만 날
이 저물어 그 빛조차 소멸하면 이승과 저승이 하나가 된다.
백지 위의 눈물자국은 무엇일까? 그것은 시를 쓰기 어려워
흘린 눈물의 흔적일 것이다. 고문을 받은 사람들 중에도 자
백하지 않고 백지에 눈물자국만 남긴 사람이 있다. 백지에
눈물 흔적만 있는 취조기록은 감동스럽다. 이 시에 나오는
눈물 흔적도 세상의 고문으로 생겨난 것이리라.

문태준에게 삶은 근본적으로 편한 것이 아니다. 벌레들
이 몸속으로 들어오는 어렸을 적 꿈은 어른이 된 후에도 꿈
에 나온다. 어린아이나 어른이나 삶이 불편한 것은 마찬가
지이지만 어른에게는 벌레 꿈을 꾸어도 댓잎 줄기로 꿈을
씻어주는 할매가 없다. 「꿈속의 꿈」은 어른이 어린아이보
다 더 나을 것도 없다는 사실을 새삼스럽게 확인해주는 시
이다. 어른이라고 해서 어린아이보다 더 지혜롭거나 더 용

감한 것은 아니다. 어른이 되면 어린아이보다 더 외로워질 뿐이다.

문태준의 이번 시집에는 병을 소재로 삼은 시들이 적지 않다. 사람들은 이유를 알 수 없는 병, 이유를 안다 해도 어쩔 수 없는 병에 시달리고 있다. "마른 씨앗처럼 누운 사람"(「불만 때다 왔다」) 앞에서 우리가 할 수 있는 일은 아무것도 없다. 시인은 새살이 돋으라고 마당에 솥을 걸고 불을 때본다. 시인은 또 수족관에서 비늘이 너덜너덜한 물고기가 아가미를 겨우 움직이는 것을 보고 홑청을 내줄 수도 없고 폐를 빌려줄 수도 없는 자신의 처지를 돌아본다. 그는 베개에 머리를 괴고 쓰러져 눕는 자신이 그 물고기보다 더 나을 것도 없는 신세라고 생각한다. 우리는 「수족관으로부터」의 물고기를 노숙자의 알레고리로 읽어도 무방할 것이다. 무력함을 절감할 때 우리는 기도한다. 인간은 무력해도 인간의 기도에는 힘이 있지 않을까? 기도의 힘을 믿지 못하는 사람은 시의 힘도 믿지 못할 것이다.

가을 수도사들의 붉고 고운 입술
사과를 보고 있으니
퇴원하고 싶다
문득 이 병원에서 퇴원하고 싶다
상한 정신을 환자복과 함께 하얀 침대 위에 곱게 개켜

놓고서

──「사과밭에서」전문

세상은 병원이고 인간은 "상한 정신" 때문에 입원한 환자들이다. 윤동주도 이와 비슷한 알레고리를 사용한 적이 있다. 이 시의 핵심은 사과를 "가을 수도사들의 붉고 고운 입술"에 비유한 데 있다. 이 시행에는 비유 속의 비유가 들어 있다. '사과'가 이미지를 받는 말이고 '수도사의 입술'이 이미지를 주는 말인데, 다시 '수도사'가 이미지를 받는 말이고 '가을'이 이미지를 주는 말로서 이미지 속의 이미지를 구성하고 있다. 인간은 모두 정신이 상한 병자이지만 가을이 공들여 수도하여 사과를 익게 하듯이 인간도 정성껏 수행하여 상한 정신을 고쳐야 한다. 사과가 스스로 익어 떨어지듯이 인간도 스스로 성숙하여 자신의 죽음을 완성해야 한다. 그러므로 병은 수행의 계기가 되고 죽음은 우리가 가꾸어야 할 내면의 과일이 된다. 인간이 성취해야 할 삶의 과제 가운데 가장 중요한 것이 바로 수행이라는 것이다. 「사무친 말」에도 "희망을 끊어버리고 연고 없는 사람처럼 빈들"거리는 환자가 등장한다. 그는 병실 생활을 "앞뒤 없는 곡경(曲境)"이라고 하소연한다. 축축하게 비가 내리는 어느날 그에게 "뭐든 돋아 내밀듯이" 살아가자고 말한 사람이 있다. 아마 병실에 있는 화초나 병원 뜰에 있는 초목을 보고 한 말일 것이다. 움이 트고 싹이 나고 잎이 돋듯 살 겠다는 것은 고유한 것과 원초적인 것을 지키겠다는 다짐 이고 자연스러운 모든 것을 억압하는 마케팅 사회를 거슬 러서 나아가겠다는 결의라고 보아야 할 것이다. 시인에게 자본주의의 한복판에서 자본주의와 맞서 굴복하지 않고 버 텨내는 것보다 더 중요한 수행은 있을 수 없다. 「근심의 체 험」에서 시인은 그가 근심하는 것이 아니라 근심이 그를 입 는다고 말한다. 근심이 주체이고 그는 근심의 객체라는 것 이다. 그는 근심의 옷에 지나지 않는다. "은밀한 시간"에 찾 아오는 근심은 "비곗덩어리처럼 물컹물컹하고/긴 뱀처럼 징그럽"다. "처음과 끝이 따로 움직이"는 근심은 싸르트르 의 『구토』에 나오는 뿌리처럼 그의 신경계를 장악한다. 근 심은 DNA처럼 유전된다. 그는 근심을 어머니에게서 물려 받았다. 빗방울, 흙, 바람, 잎사귀, 눈보라, 수건뿐 아니라 귀 신도 그의 근심을 어떻게 하지 못한다. 문태준이 보기에 우 리는 모두 귀신도 어쩌지 못하는 근심에 시달리고 있다.

문태준의 시에서 집과 무덤은 유체이고 시간과 육체는 모래이다. 인간의 육체는 시간에 따라 흘러가며 뭉그러지 고 흐물흐물 허물어진다. 시인은 아침 낮 저녁 밤이 다 다 르게 바뀌는 자신을 다시 구성해 이해하지 못한다. 「모래 언덕」에 나오는 인물은 "먼눈으로 우는, 무용한 사람"이다. 모래이불을 덮고 바람에 밀리며 수북하게 쌓여서 그는 점점 비대해진다. 그뿐만이 아니라 우리 모두는 모래가 쌓여 비대해진 거녀(巨女)이다. 문태준은 아마도 '거녀'라는 말로 초비만으로 움직이지 못하는 여자를 말하려고 했을 것이다. 모래언덕은 자리를 잡고 뿌리를 내릴 수 없는 곳이다. 모래언덕은 꽃이 피지 않는 곳이고 고정된 형체와 구분이 없는 곳이다. 그 모래언덕이 시간과 육체로 구성되었다면 시간과 육체는 부동하고 요동하고 유동하는 것, 아무것도 아닌 것일 수밖에 없다. 모래더미처럼 비대한 육체는 모래더미처럼 흩어진다. 육체들은 "대기 속 뭇별처럼 흩어"진다. 그러나 맹목의 무용성에는 그 나름의 의미가 들어 있다. '먼눈'은 마케팅 사회에 대한 맹목이라는 의미이고 무용성은 마케팅 사회에서 비켜선다는 의미일 것이기 때문이다. 공허한 모래언덕에서 모래에 갇히고 모래가 쌓여서 움직이지 못한다 하더라도 인간에게는 움이 트고 싹이 나듯 돋아나오는 것이 있다. 비록 잠시 후에 소멸한다 하더라도 그 잠깐 동안에 우리에게 다가와 우리 속으로 침투해 들어오는 무엇이 있다.

문태준의 시에는 긴 시련을 견딜 수 있게 하는 짧은 교감이 찬란하게 빛을 내고 있다. 사랑하고 사랑받은 몇사람이 있다는 사실은 시인에게만이 아니라 우리 모두에게도 축복이고 신비일 것이다. 타인의 영혼이 나의 내부에 감응하고 나의 영혼이 타인의 내부에 감응하며 타인의 감응이 나의 내부에 뿌리를 박는다. 인간과 인간뿐 아니라 인간과 사물도 서로 이웃이 될 수 있다. 이때의 사물과 타인은 생각되는 것이 아니고 만져지고 더듬어지고 포착되는 것이다. 사물과 타인처럼 시인도 손으로 만질 수 있는 구체적인 존재자이다. 관념론자들은 한편에 객관적인 세계의 일부를 이루는 대상이 있고 다른 한편에 의식이라고 하는 주관적인 실체가 있다고 생각한다. 그러나 실제로는 공동존재들이 함께 존재할 따름이다. 소유의 범주는 가상에 지나지 않는다. 소유는 의식과 대상의 분리에 근거하는 사고의 범주이기 때문이다.

새떼가 우르르 내려앉았다
키가 작은 나무였다
열매를 쪼고 똥을 누기도 했다
새떼가 몇발짝 떨어진 나무에게 옮겨가자
나무상자로밖에 여겨지지 않던 나무가
누군가 들고 가는 양동이의 물처럼
한번 또 한번 출렁했다
서 있던 나도 네 모서리가 한번 출렁했다
출렁출렁하는 한 양동이의 물

—「아침」부분

나무가 출렁이고 내가 출렁인다. 나무와 나는 한 양동이의 물이다. 나무상자 같던 나무가 출렁거리는 물이 되고 나무상자 같은 나의 네 모서리가 출렁거리는 물이 된다. 물은 시인과 나무를 묶고 있는 정감이다. 나무는 시인과 접촉하면서 존재의 풍요성과 개방성을 시인과 공유하게 된다. 내면을 건드리는 만남은 그것의 예측 불가능성으로 인해서 시인에게 느닷없는 즐거움을 선사한다. 「가을 창가」에 등장하는 시인은 「아침」에 나오는 새처럼 저녁밥을 먹고 누웠다가 똥을 누고 와 다시 누워 풀벌레 소리를 듣는다. 시인은 "누군가 풀벌레 소리를 확, 쏟아부었다"고 느낀다. 그는 쏟아붓는 풀벌레 소리에 조그만 틈도 없이 갇힌다. 틈이 없이 완성된 세계에서 벌레와 시인은 공동존재가 된다. 그 세계에는 부모 미생전(未生前)의 시인이 살고 있다. '틈'이라는 한 단어가 내밀하게 무한을 암시한다. 여기서 놀라운 것은 벌레를 "가을의 설계자"라고 부른 시적 비유가 아니라 "틈이 없다"는 짧은 문장으로 시인과 벌레를 이웃으로 결합시켜놓은 시적 인식이다.

「비탈과 아이」는 비탈길을 뛰어내려오는 아이와 바위처럼 박혀 있는 시인을 대조한 시이다. 아이의 가슴에서는 남쪽 하늘로 구르는 천둥소리가 나고 아이의 앙가슴은 초승달이 커지듯이 자란다. 아이는 우주의 에네르기를 발산하는 어린 신이다. 아이는 우주적 리듬의 광대한 진폭으로 움직이는 데 반해서 시인은 우주적 진폭을 잃고 붙박인 채 속수무책으로 아이를 바라본다. 그러나 아이의 숨결은 시인의 감수성에 작용하여 생명력을 소생시켜준다. 아이를 통하여 시인은 간접적으로나마 우주적 리듬에 참여할 수 있게 된다. 놀라움을 느낄 수 있다는 것은 살아 있다는 증거가 되기 때문이다. 시인에게 개방성이란 보여지는 그대로 받아들일 수 있는 단순성과 통한다. 시의 이미지는 지식을 필요로 하지 않는 단순성에 근거한다. 그것은 늙은 어머니가 마루에 서서 "밥 먹자" 하고 부르는 소리와 같다. 어머니의 음성은 막 푼 밥에서 피어오르는 김처럼 마음에 스며든다. 문태준은 그 소리를 「어떤 부름」에서 먼 우렛소리에 비유하고 「꽃들」에서는 그냥 '꽃들'이라고 적어놓은 모스끄바 거리의 꽃집 간판에 비유한다. 시인은 그 간판에서 "어린 꽃들이/밥상머리에 모두 둘러앉은 것을 보았다."

「돌과의 사귐」과 「징검돌을 놓으며」는 하나의 돌이 되어 돌과 말을 트고 노는 이야기인데, 「장봉순 할머니」에서 모서리가 닳은 채 안쪽으로 웅크리고 윗돌을 받치고 있는 그 돌은 할머니가 된다. "봄비와 돌풍과 기온이 뚝 떨어진 대기와 쏟아지는 첫눈을 무릎에 앉히고" 있는 돌은 장봉순 할머니의 미소이다. 하염없이 앉아서 어머니가 돌리는 염주는 한생의 인연들을 불러모아 돌리고 돌리다 겨울 하늘로 올려 보내는 노래이다. 「어머니는 찬 염주를 돌리며」에서 어머니가 불러모으는 것들은 구체적이면서도 우주적이다. 꽃, 별, 불, 우레, 사슴벌레, 양떼, 초원, 풀벌레, 눈보라, 작은 새, 어둠, 안개, 죽은 할머니, 아픈 나, 멀리 사는 외숙……사나운 이빨을 가진 동화 속 짐승들도 그 노래를 알아본다. 어머니의 노래를 통하여 시인은 먼 과거의 메아리가 얼마만큼 깊은 곳까지 울려퍼지는지를 가늠할 수 있게 된다. 그러한 메아리의 반향으로 구성된 공간을 우리는 '집'이라고 부른다. 할머니와 외숙을 새와 별 사이에 자리잡게 하는 어머니의 노래는 집이 땅을 뚫고 나오는 물처럼 자연의 한 요소로서 인간에게 작용하고 있다는 사실을 알려준다.

문태준은 원초적인 어떤 것을 확인하려고 할 때마다 저녁 시간의 고요 속에 모여 앉은 가족들을 머릿속에 불러온다. 어렸을 적의 밥상머리로 돌아가면 마케팅 사회의 기계적인 몸짓에 의하여 가려진 존재가 제 본모습을 드러내고 드넓은 침묵의 공간이 영혼에 은둔처를 마련해준다. 그 원초 공간에서 시인은 숨이 되어 사방으로 흩어지고 싶어하고(「공백(空白)」), "하늘도 흰 물새도 함께 사는 수면"(「물가」)이 되고 싶어한다. 공백을 상실하는 것은 가능성의 영역에서 추방되는 것이다. 빈자리가 없다는 것이 시장형 인간의 특징이다. 문태준은 흥미롭게도 풀잎, 벌레, 바위 속에 자신을 가두어달라고 국가에 호소한다. 그것은 국가에는 극형이 되고 시인에게는 선처가 된다.

오만하고 값싸고 변덕스런 국가여,

그대가 생각하는 극형으로

나를 선처해다오

　　　　　　　　　　　　　　　—「유형」부분

　「아래로 아래로」에서 문태준은 다시 한번 "풀밭 속 풀잎
이 되고 나니" 모든 것이 수월해졌다고 말하고, 「티베트 노
스님의 뒤를 따라 걷다」에서는 "어차피 덜 도달하게 되리
라는 예감으로" 그냥 걷겠다고 말한다. 수행 이외에 따로
돈오를 설정하지 않겠다는 허심은 시인을 세상의 감옥에
서 오래 견디게 할 수 있을 것이다. 깨치고 말겠다는 의지
는 무의식을 숨 막히게 한다. 깨침은 꿀이 벌통 속에 있듯
이 수행의 내부에 있는 것이다. 문태준은 나날의 수행 이외
에 유난스러운 깨침이 필요하지 않다고 믿는 시인이다. 시
인은 시를 쓰기 위하여 밖으로 나갈 필요가 없다. 시인이
찾는 사람은 자기 자신이다. 찾는 사람과 찾아다니는 사람
이 함께 자기 안에 있다. 시인은 자기가 누구인지 모르므로
자신의 무지를 확인하면서 이미 알려져 있는 세계에서 탈
출하여 방황하지 않을 수 없다. 방황은 시인에게 축복이면
서 동시에 저주이다. 바라건대, 문태준이 방황의 끝까지 갈
수 있기를, 그의 언어가 마케팅 사회에 대한 위대한 거절이

되기를, 그리고 그의 노래가 이 땅의 대중에게 나날의 메마름을 견뎌내게 하는 영혼의 강장제가 되기를.

金仁煥 | 문학평론가

눈앞의 것에 연연했으나 이제 기다려본다. 되울려오는 것을. 귀와 눈과 가슴께로 미동처럼 오는 것을. 그것을 내가 세계로 나아가는 혹은 세계가 나에게 와닿는 초입이라 부를 수 있을까.

생활은 눈보라처럼 격렬하게 내게 불어닥쳤으나 시의 악흥(樂興)을 빌려 그나마 숨통을 열어온 게 아닌가 싶다. 그 빚의 일부를 갚고 싶다. 새로운 시집을 내니 난(蘭)에 새 촉이 난 듯하다. 바야흐로 새싹이 돋아나오는 때이다. 움트는 언어여. 오늘 나의 영혼이 간절히 생각하는 먼 곳이여.

2012년 2월
문태준

창비시선 343

먼 곳

초판 1쇄 발행/2012년 2월 27일
초판 16쇄 발행/2022년 6월 30일

지은이/문태준
펴낸이/강일우
책임편집/이상술
펴낸곳/(주)창비
등록/1986년 8월 5일 제85호
주소/10881 경기도 파주시 회동길 184
전화/031-955-3333
팩시밀리/영업 031-955-3399 편집 031-955-3400
홈페이지/www.changbi.com
전자우편/lit@changbi.com

© 문태준 2012
ISBN 978-89-364-2343-8 03810

* 이 책은 한국문화예술위원회의 문예진흥기금을 지원받아 발간되었습니다.
* 이 책 내용의 전부 또는 일부를 재사용하려면
  반드시 저작권자와 창비 양측의 동의를 받아야 합니다.
* 책값은 뒤표지에 표시되어 있습니다.